LE CANADA, C'EST MOI

Heather Patterson

Illustrations de
Jeremy Tankard, Ruth Ohi,
Barbara Reid, Jon Klassen,
Marie-Louise Gay, Danielle Daniel,
Ashley Spires, Geneviève Côté,
Cale Atkinson, Doretta Groenendyk,
Qin Leng, Eva Campbell et
Irene Luxbacher

SCHOLASTIC

Le Canada, c'est moi.

Je cours.
Je nage.
Je patine.
Je danse.

Je descends la pente enneigée
avec ma traîne sauvage.

J'ai de l'espace.

Je lis.
J'apprends.

Je dessine.
Je rêve.

Je me couche tard pour voir
les aurores boréales.

J'ai du temps.

Je regarde.
Je touche.
J'écoute.
Je réfléchis.

Je décide de construire un château.

Je suis libre.
Le Canada, c'est moi.

Je suis au frais l'été
et bien au chaud l'hiver.

J'ai la bougeotte au printemps...
et des couleurs plein la tête en automne.

Je mange de la pizza,
des pérogies
et des poivrons.

Je mange des boulettes
de viande, des muffins
et des mangues.

Je suis silencieuse.

Je suis curieuse.

Je me fais des amis.

Je suis drôle.

J'explique. J'explore. Je m'amuse.
Je partage. Je chante. Je fais la fête.

Le Canada,
c'est moi.

Le Canada, c'est nous

Heather Patterson
Auteure

J'ai écrit ce livre pour inviter les enfants canadiens à célébrer la diversité culturelle du Canada, tout comme la diversité de ses paysages et de ses saisons. Je veux qu'ils célèbrent aussi la liberté d'explorer le temps et l'espace, pour apprendre et découvrir.

Jeremy Tankard
Le Canada, c'est moi.

J'aime que les Canadiens fêtent les différentes cultures et la variété des paysages. Ce projet était une opportunité de célébrer les deux. Je voulais une illustration qui nous invite à parcourir le livre et aussi cet endroit que l'on appelle « chez-nous ». Le petit plus : j'ai pu dessiner des enfants qui pratiquent mon activité préférée, la randonnée!

Ruth Ohi
Je cours.
Je nage.
Je patine.
Je danse.

Vivre au Canada signifie avoir la possibilité d'accomplir nos rêves.

Barbara Reid
Je descends la pente enneigée avec ma traîne sauvage.

Te souviens-tu de ta première descente en luge? C'est une vidéo d'enfants syriens dévalant une pente enneigée qui m'a inspirée pour ce projet. Leur joie et leur plaisir étaient contagieux. Je ne pouvais pas arrêter de sourire en créant cette image!

Jon Klassen
J'ai de l'espace.

Je passe la plupart de mon temps en Californie, et bien que ce soit un endroit agréable, la création de cette illustration m'a rappelé beaucoup de choses qui me manquent. Je m'ennuie des ormes et des reflets bleus de l'hiver et de la quiétude de la neige qui tombe. Je m'ennuie du Canada.

Marie-Louise Gay
Je lis. J'apprends. Je dessine. Je rêve.

Par les temps chaotiques et bouleversants qui courent, nous devons mettre notre espoir dans tous les enfants de ce pays. Pour ce faire, il faut les aimer, les protéger et les éduquer afin qu'ils puissent rêver et imaginer un futur lumineux pour notre pays.

Danielle Daniel
Je me couche tard pour voir les aurores boréales.
J'ai du temps.

Mon travail est profondément inspiré des vastes étendues, de l'eau et des forêts qui donnent vie à notre magnifique pays. Je suis tout aussi émue par la faune qu'on y trouve. Peindre des aurores boréales dansant dans un ciel sombre était pour moi une déclaration d'amour au Canada.

Ashley Spires

Je regarde. Je touche. J'écoute. Je réfléchis.
Je décide de construire un château.

J'ai grandi sur la côte de la Colombie-Britannique. Je me demandais bien pourquoi tout le monde disait que le Canada était un endroit si froid. Depuis, j'ai découvert pourquoi, et c'est pour cela que je ne quitterai jamais ma maison au bord de la plage dans la ville très ensoleillée de Delta.

Geneviève Côté

Je suis libre.
Le Canada, c'est moi.

Après avoir lu ce texte, j'ai commencé à demander aux gens autour de moi de me décrire ce qu'être libre signifiait pour eux et ce qui leur venait en tête lorsqu'ils pensaient au Canada. Cela a donné lieu à de vives discussions au cours desquelles j'ai remarqué certains thèmes récurrents : de vastes étendues, le ciel, le mouvement, des horizons lointains – et une position : les bras grands ouverts, la tête haute, prêts à s'envoler.

Cale Atkinson

Je suis au frais l'été et bien au chaud l'hiver.
J'ai la bougeotte au printemps… et des couleurs plein la tête en automne.

Je suis fier de dire que je suis Canadien et je me sens privilégié de prendre part à ce projet qui montre ce que les merveilleux artistes d'ici ont à offrir. Le Canada signifie quelque chose de particulier pour chacun de nous. Pour moi, il signifie la maison. Maintenant, passez-moi le sirop d'érable, s'il vous plaît.

Doretta Groenendyk

Je mange de la pizza, des pérogies et des poivrons.
Je mange des boulettes de viande, des muffins et des mangues.

Peindre un festin de minuit pour *Le Canada, c'est moi* m'a remplie de joie (et m'a mise en appétit). Les communautés canadiennes partagent leur nourriture, leur histoire et leur culture. Ma famille est toujours heureuse de partager un repas.

Qin Leng
Je suis silencieuse. Je suis curieuse. Je me fais des amis. Je suis drôle.

Ma famille s'est installée au Canada en septembre 1991. Je me souviens comme si c'était hier de nos fins de semaine à faire de la randonnée sur le Mont Royal. Je sautais joyeusement dans les tas de feuilles d'automne et je nourrissais les écureuils. Lorsque j'ai lu le livre, les images des forêts le matin à l'aube me sont tout de suite venues en tête.

Eva Campbell
J'explique. J'explore. Je m'amuse.
Je partage. Je chante. Je fais la fête.

J'ai été très heureuse de prendre part à ce projet puisqu'il m'a permis de réfléchir tout en m'amusant à ce que voulait dire *Le Canada, c'est moi*, et d'illustrer ce que les enfants peuvent faire pour profiter de la vie, apprendre et célébrer!

Irene Luxbacher
Le Canada, c'est moi.

Mes parents sont arrivés au Canada dans les années 1960, et pourtant je commence à peine à déballer tout mon bagage familial. J'espère le faire en démontrant un profond respect et une vive conscience des paysages de ce pays, de ses peuples autochtones et de ses pionniers.

Catalogage avant publication de Bibliothèque et Archives Canada

Patterson, Heather, 1945-
[I am Canada. Français]
Le Canada, c'est moi / Heather Patterson ; illustrations de Barbara Reid
[et 12 autres].

Traduction de : I am Canada.
ISBN 978-1-4431-6305-7 (couverture rigide)

1. Canada--Ouvrages illustrés--Ouvrages pour la jeunesse. 2. Enfants--
Canada--Ouvrages illustrés--Ouvrages pour la jeunesse. 3. Canadiens--
Ouvrages pour la jeunesse. I. Reid, Barbara, 1957-, illustrateur II. Titre.
III. Titre: I am Canada. Français.

FC58.P3814 2017   j971.0022'2   C2017-900230-9

Crédits photographiques : Danielle Pope pour la photographie d'Eva Campbell;
Gerry Kingsley pour la photographie de Danielle Daniel;
Dennis Robinson pour la photographie de Doretta Groenendyk; Moranne Keeler pour la
photographie de Jon Klassen; Annie T. pour la photographie de Ruth Ohi;
Ian Crysler pour la photographie de Barbara Reid.
Logorilla/iStockphoto, pour l'image de la couverture, en bas à droite.

6 5 4 3 2 1   Imprimé au Canada 114   17 18 19 20 21

FSC
www.fsc.org

MIXTE
Papier issu de
sources responsables
FSC® C016245